Dedicado a nuestro amigo, que tanto nos inspiró
ROBERT E. SNODGRASS
y que compartió con nosotros su naturaleza creativa.

Gracias a la Fundación David y Lucile Packard

Dan Gotshall, Director editorial
Dawn Navarro, Directora de arte – Diseñadora – Ilustradora
Wallace 'J' Nichols, Escritor
Roxane Buck Ezcurra, Editora técnica – Editora literaria
Dominique Navarro, Editor del libro
Linda Bell, Editora electrónica
Diana Musacchio, Traducción, Diseño de la edición en español
Ann Gotshall, Publicidad

Referencia de catalogación en la Biblioteca del Congreso
Nichols,Wallace 'J'.
Chelonia:el retorno de la tortuga marina:basado en una historia real/
Wallace J Nichols, Dawn Ericson Navarro, Robert E. Snodgrass
p. cm.
ISBN 0-930118-35-9
1. Tortuga verde--México--Baja California (Península)--Biografía-- Literatura Juvenil.
2. Rescate de la fauna silvestre--México---Baja California (Península)--Biografía-- Literatura Juvenil.
[1.Tortuga verde. 2. Tortugas. 3. Rescate de la fauna silvestre.]
[1.Green turtle. 2. Turtles 3. Wildlife rescue. 4. Spanish language materials.]
I. Navarro,Dawn. II. Snodgrass,Robert E. III. Título.
QL666.C536 N2818 2002
597.92--dc21
2001057560

BASADO EN UNA HISTORIA REAL

CHELONIA

El retorno de la tortuga marina

WALLACE J NICHOLS
DAWN E. NAVARRO
ROBERT E. SNODGRASS

MANTA
PUBLICATIONS

SEA CHALLENGERS

Era el mes de agosto del año 1971, y Nina Delmar y su padre navegaban en su yate a lo largo de la costa de México, en viaje de regreso a casa.

Se acercaba el mediodía cuando las nubes de una tormenta tropical, causada por el fenómeno de El Niño, empezaron a oscurecer el cielo.

El viento empezó a soplar fuertemente mientras las profundas aguas se batían y ondeaban. Nina y su padre tenían la mirada fija en el mar pues se enfrentaban a la parte más difícil de su viaje.

CUADERNO DE BITÁCORA

Quinientas millas al sur de la frontera de los EE.UU., en Baja California, México, el mar es extenso y azul. Los delfines nadan y juegan. Las tortugas marinas provenientes de las playas de anide en Michoacán se alimentan de cangrejos y algas marinas. Ballenas gigantes se alimentan de peces y kril. La travesía hacia el norte a lo largo de la costa de Baja California tiene mala reputación y es acertadamente llamada "la cuesta arriba" por los marineros. El nombre hace referencia a las cuestas que han de subir los barcos para remontar cada una de las olas provenientes del norte.

Delfín nariz de botella o tonina
Tursiops truncatus

Delfín de flancos blancos
Lagenorhynchus obliquidens

Delfín común o cochito
Delphinus delphis

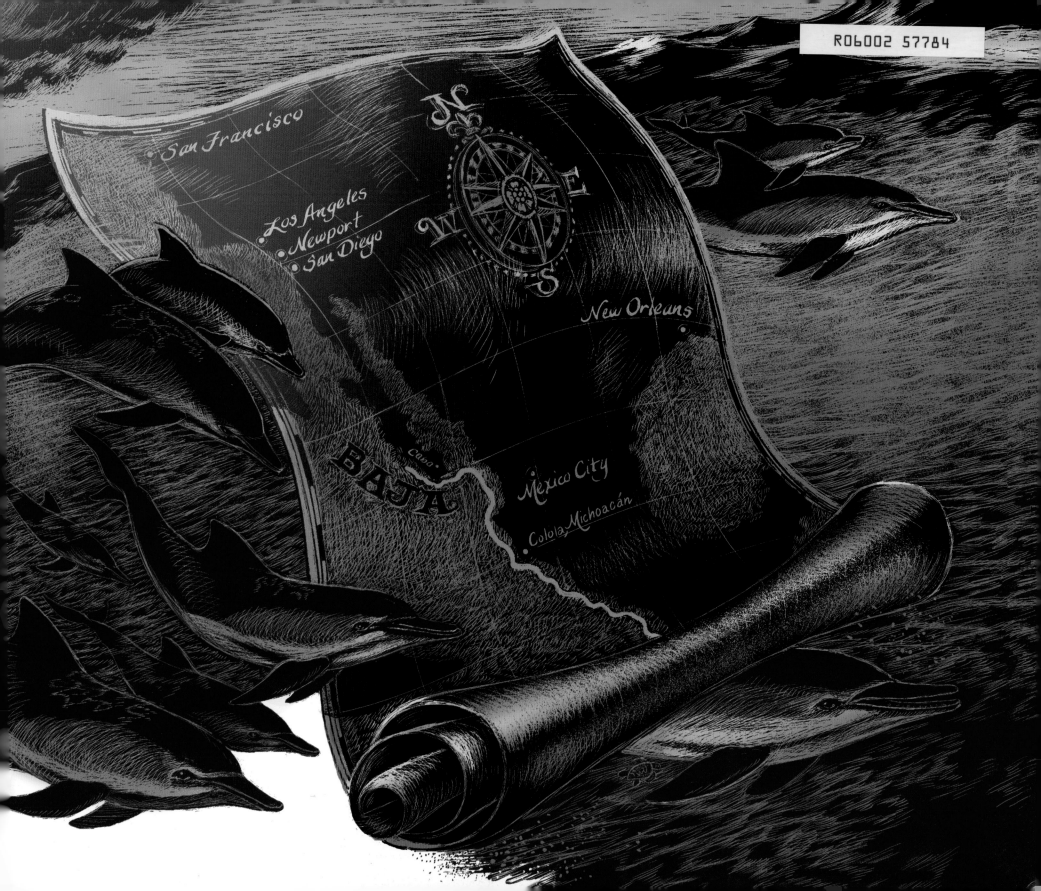

El padre de Nina sintió la furia que traía el mar. "La tormenta se nos va a echar encima antes de que oscurezca", le gritó a Nina su papá. "Tendremos que sobrellevarla a lo largo de la noche".

"Papá, los delfines se han ido", gritó Nina por encima del aullido del viento. Un albatros rozó con su ala la cresta de una ola que se elevaba ante ellos. Nubes cargadas de lluvia ocultaron los últimos rayos de sol y el mar se tornó gris violento.

Nina pasó esa noche escondida en su pequeña litera en el camarote. Quería poder sumergirse como un delfín, profundo por debajo de las olas, o salir volando como una gaviota.

CUADERNO DE BITÁCORA

Durante las tormentas los delfines pueden sumergirse por debajo de las olas, donde el agua está tranquila. Sólo vuelven a la superficie para tomar aire. Los pájaros con frecuencia planean justo por encima de las olas, apoyándose en la ascendiente cresta para subir. Tanto los delfines como los pájaros están adaptados para sobrevivir el mal tiempo, pero en mar abierto algunas de las tormentas pueden resultar peligrosas, especialmente para los animales jóvenes. Sólo sobreviven los fuertes y los afortunados.

Gaviota
Larus occidentalis

Petrel de tormenta o paíño
Oceanodroma leucorhoa

Albatros
Diomedea albatrus

Durante la noche las fuertes corrientes de la tormenta arrastraron a una joven tortuga marina lejos de su hábitat normal. El pequeño animal luchó hora tras hora en el oscuro y frío mar. La tormenta se fue con el albor de la madrugada. La tortuga, fatigada y debilitada, se agitaba en la superficie, apenas capaz de elevar la cabeza para tomar una bocanada de aire.

CUADERNO DE BITÁCORA

A veces se ven atunes, tiburones y otros peces buscando refugio debajo de objetos flotantes. En su mundo existen pocos escondites; puede que estos objetos les ofrezcan protección. También siguen las corrientes de aguas cálidas, las cuales se extienden al norte más de lo habitual durante los años en que El Niño produce un aumento en las temperaturas.

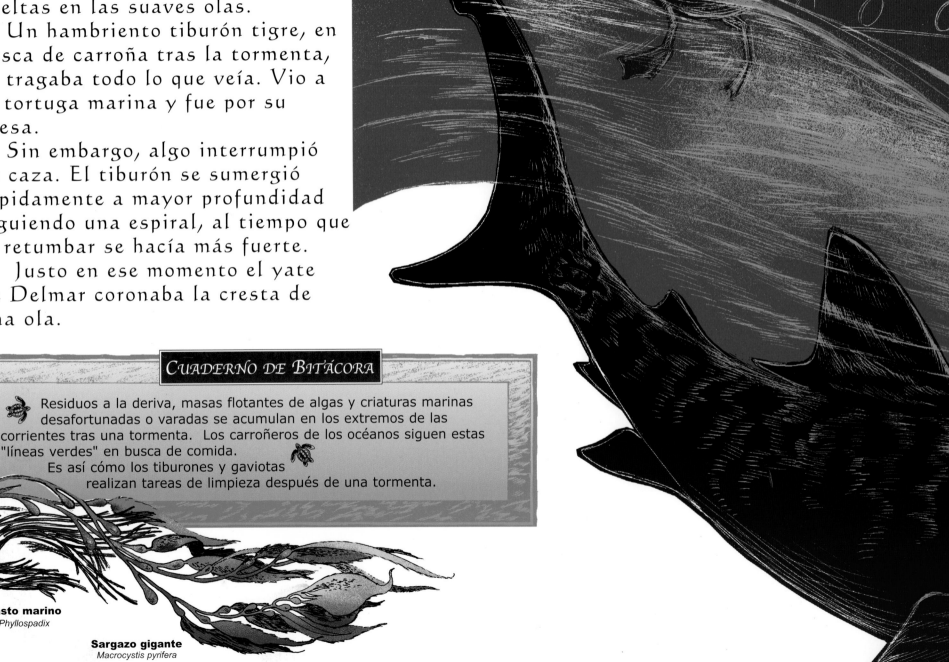

A media mañana el mar ya se había calmado. Pero la tortuguita desafortunada todavía seguía dando vueltas en las suaves olas.

Un hambriento tiburón tigre, en busca de carroña tras la tormenta, se tragaba todo lo que veía. Vio a la tortuga marina y fue por su presa.

Sin embargo, algo interrumpió su caza. El tiburón se sumergió rápidamente a mayor profundidad siguiendo una espiral, al tiempo que el retumbar se hacía más fuerte.

Justo en ese momento el yate de Delmar coronaba la cresta de una ola.

CUADERNO DE BITÁCORA

Residuos a la deriva, masas flotantes de algas y criaturas marinas desafortunadas o varadas se acumulan en los extremos de las corrientes tras una tormenta. Los carroñeros de los océanos siguen estas "líneas verdes" en busca de comida.

Es así cómo los tiburones y gaviotas realizan tareas de limpieza después de una tormenta.

Pasto marino
Phyllospadix

Sargazo gigante
Macrocystis pyrifera

Nina pasó largo rato observando el mar desde la proa del barco, concentrada en la actividad en el agua. Los atunes salían disparados entre los delfines que daban saltos. Las ballenas salpicaban y echaban nubes de agua. Nina notó una forma extraña más adelante. Tenía aspecto de ser una tortuga pequeña. ¡Y lo era! "¡Papá, mira! Una tortuga marina", gritó. "Parece herida... ¿Podemos ayudarla?"

Papá hizo girar el barco hacia el animal que flotaba. "¡Agarra el timón, vira, para en seco!" gritó él.

Nina tomó el control del barco al tiempo que su padre corría a popa, se quitaba la camisa y se zambullía en el agua fría. Papá agarró a la pobre tortuga con ambas manos. Nina le echó un salvavidas y ayudó a subir al barco a su padre y a la tortuga marina rescatada.

Papá tenía temblores de frío al subir a bordo. El tiburón tigre pasó por debajo sin que nadie se diera cuenta.

Nina envolvió a su tembloroso padre y a la fría tortuga en cálidas y secas mantas.

"¿Qué podemos hacer?" preguntó Nina mientras sostenía el frágil bulto. La tortuga estaba tan cansada que casi ni se movía. Apenas era capaz de mantener los ojos abiertos.

"Puede que no sobreviva, Nina. Pongamos la tortuga en esta caja de madera y dejémosla descansar", dijo su padre cariñosamente.

Nina se quedó cuidando a la tortuga durante horas. Mantuvo sus ojos húmedos con un cuentagotas. La tarde ya estaba avanzada cuando se aproximaron a la costa de California.

CUADERNO DE BITÁCORA

En todo el mundo hay centros para rescate de la fauna silvestre donde se esfuerzan por salvar animales heridos. Es responsabilidad de todos rescatar animales con necesidad de ayuda. En caso de encontrar un animal marcado con una placa se debe contactar al centro de rescate local. Allí hay veterinarios especializados que cuidan de los animales hasta que se restablecen y luego los devuelven a la naturaleza.

GLOSARIO MARÍTIMO

El Niño:	una corriente de superficie más cálida de lo normal que fluye a lo largo de la costa oeste de América del Norte y del Sur.
Marineros:	gente que trabaja o vive en el mar
Hábitat:	área en la que vive un animal
Presa:	un animal al que se caza y mata como alimento
Residuos:	desperdicios y materias naturales desechadas
Carroñero:	animal que busca comida entre los residuos

El yate de los Delmar entró en la bahía de San Diego con la tarde ya avanzada. Atracaron en la oficina de aduanas de EE.UU.

"Tenemos algo que mostrarle", declaró el Sr. Delmar.

"Pasada la tormenta rescatamos a esta tortuga marina bebé", añadió Nina.

El agente de aduanas miró a la pequeña y agotada tortuga en la caja de madera.

"Es una tortuga verde, Chelonia mydas. Qué pena. No quedan muchas hoy en día. No parece que ésta vaya a sobrevivir", comentó al tiempo que escribía en sus papeles.

"Chelonia", dijo en voz baja Nina, "no te preocupes. Yo cuidaré de ti".

Cuando Nina y su padre llegaron a casa estaban agotados. Aun así Nina llenó la tina con agua tibia. Éste era un sitio seguro para que la tortuga marina pasara la noche.

Nina se durmió instantáneamente en su cómoda cama. Pasó toda la noche soñando con la tormenta, los delfines y las aves marinas. Se imaginaba el mar revolviéndose alrededor suyo, como si todavía estuviera en el barco.

CUADERNO DE BITÁCORA

Chelonia mydas (pronunciado ke-lo-ni-a-mi-das) es el nombre científico de la tortuga marina verde. Las tortugas marinas verdes del Pacífico se hallan en las aguas costeras, bahías, lagunas, estuarios y en mar abierto. Migran miles de millas, siguiendo las corrientes que fluyen a lo largo de las costas del océano Pacífico desde su lugar de anide a las zonas donde se alimentan.

A la mañana siguiente Chelonia se sintió restablecida gracias al agua tibia y al descanso. Nadaba y chapoteaba en la tina. Miraba con curiosidad, con los ojos abiertos de par en par, a su nuevo y extraño mundo. Tenía hambre e intentó morder un patito de goma.

Nina le habló a la tortuga al tiempo que la llevaba al patio. "Necesitas más espacio, agua salada y comida. Te va a gustar nuestro estanque, Chelonia".

CUADERNO DE BITÁCORA

Las tortugas nadan utilizando sus aletas para impulsarse dentro del agua. Utilizan ambas aletas al mismo tiempo, moviéndolas hacia arriba y abajo, muy parecido a un pájaro volando. Utilizan las aletas traseras como timón para dirigir el rumbo, y para ir marcha atrás. Las tortugas son capaces de nadar rápido y pegar rápidas arrancadas para escapar de predadores o para cazar su presa. Durante las migraciones, las tortugas verdes llegan a nadar más de 20 millas diarias.

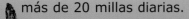

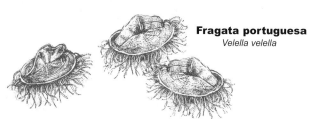

Fragata portuguesa
Velella velella

En el estanque de agua salada en el patio de los Delmar vivía un garibaldi, unos cuantos peces de arrecife y tres jóvenes morenas verdes. Para la pequeña tortuga marina era un cómodo mundo nuevo en el que explorar las rocas y descansar en el fondo de arena.

Nina daba de comer a la tortuga pedacitos de pescado y puñados de pasto marino que había recogido en el océano.

Durante los meses siguientes la pequeña tortuga marina creció, creció y creció.

CUADERNO DE BITÁCORA

En el océano las tortugas verdes marinas se alimentan principalmente de algas y de pasto marino. De vez en cuando comen plumas de mar, esponjas y medusas. En cautiverio, a las tortugas marinas se les dan de comer peces y calamares, llegando a crecer de dos a tres veces más rápido que en el océano.

Pluma del mar
Ptilosarcus gurneyi

Alga roja
Gracilaria sjoestedtii

Todos los animales marinos del estanque del patio estaban bien alimentados y crecían rápidamente. Chelonia había crecido tan deprisa que apenas podía dar la vuelta.

En sólo dos años la tortuga se había hecho demasiado grande para el estanque.

"Chelonia, ¿qué tamaño alcanzan las tortugas marinas verdes?" se preguntó Nina, "¿Qué vamos a hacer contigo? Necesitas un estanque más grande".

5 años

20 años

Recién nacida

Tortuga verde marina
Chelonia mydas

Tortuga verde marina
del este del Pacifico
Chelonia mydas

Tortuga de carey
Eretmochelys imbricata

Tortuga laúd
Dermochelys coriacea

Caguama
Caretta caretta

Tortuga golfina
Lepidochelys olivacea

Tortuga lora
Lepidochelys kempii

Tortuga plana de Australia
Natator depressus

Nina leyó un libro sobre las tortugas marinas y aprendió que sólo hay siete especies de tortugas marinas en el mundo, todas en peligro de extinción.

Se dio cuenta de que había que devolver al mar a Chelonia. Nina llamó al acuario para pedir ayuda.

"Hola, me llamo Nina y tengo una tortuga marina en mi patio".

El biólogo marino del acuario felicitó a Nina por haber salvado la vida de Chelonia. Le explicó, además, que todas las tortugas marinas están 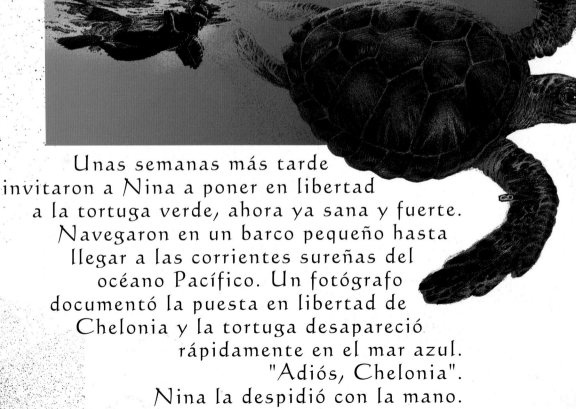 actualmente protegidas por la ley sobre especies en vía de extinción de 1973. "La próxima vez que halles un animal herido, por favor ponte en contacto con nosotros inmediatamente. Chelonia es una tortuga hembra. Al devolverla al océano estaremos ayudando a sobrevivir su especie", dijo. "Observaremos su comportamiento, comprobaremos su estado de salud y le pondremos una placa antes de soltarla en el océano".

Unas semanas más tarde invitaron a Nina a poner en libertad a la tortuga verde, ahora ya sana y fuerte. Navegaron en un barco pequeño hasta llegar a las corrientes sureñas del océano Pacífico. Un fotógrafo documentó la puesta en libertad de Chelonia y la tortuga desapareció rápidamente en el mar azul.
"Adiós, Chelonia".
Nina la despidió con la mano.

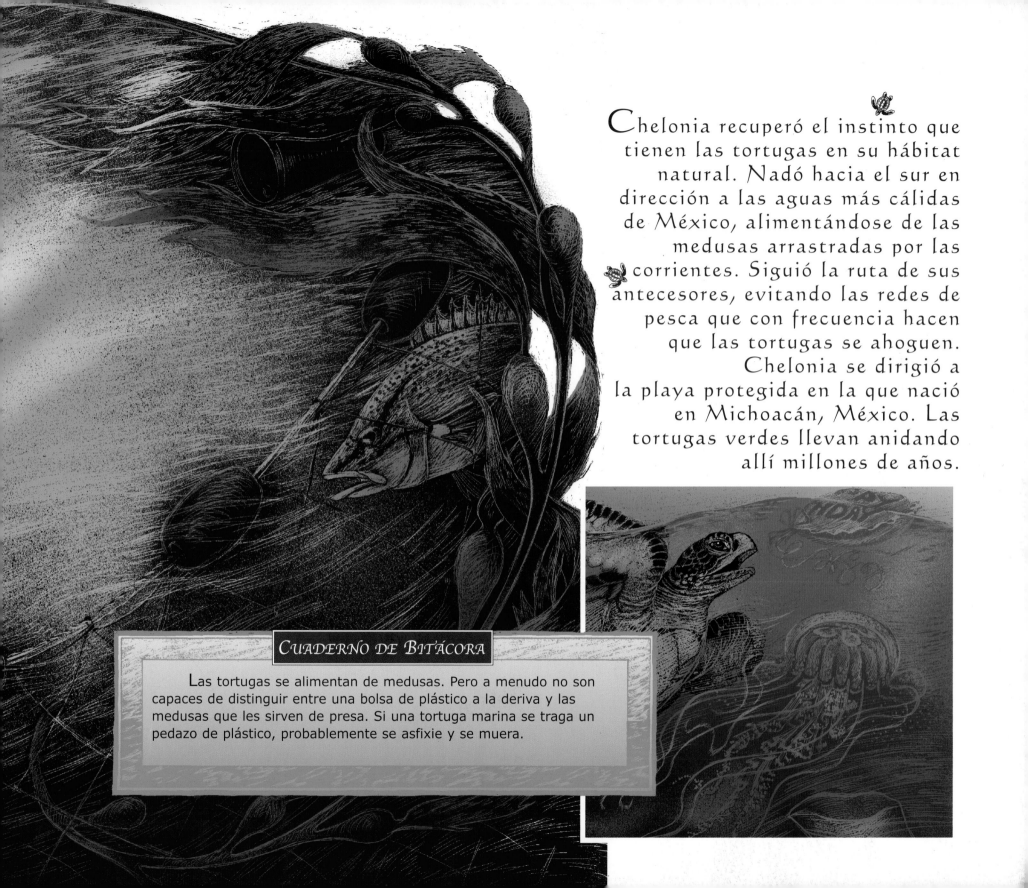

Chelonia recuperó el instinto que tienen las tortugas en su hábitat natural. Nadó hacia el sur en dirección a las aguas más cálidas de México, alimentándose de las medusas arrastradas por las corrientes. Siguió la ruta de sus antecesores, evitando las redes de pesca que con frecuencia hacen que las tortugas se ahoguen. Chelonia se dirigió a la playa protegida en la que nació en Michoacán, México. Las tortugas verdes llevan anidando allí millones de años.

CUADERNO DE BITÁCORA

Las tortugas se alimentan de medusas. Pero a menudo no son capaces de distinguir entre una bolsa de plástico a la deriva y las medusas que les sirven de presa. Si una tortuga marina se traga un pedazo de plástico, probablemente se asfixie y se muera.

GLOSARIO MARÍTIMO

Garibaldi: un pez de mar naranja brillante
En vías de extinción: que puede llegar a desaparecer
Extinción: la muerte de toda una especie
Especie: un conjunto de animales o plantas muy relacionados entre sí
Eclosionar: cuando una cría sale de su huevo; nace
Instintivamente: conocimientos innatos (de nacimiento) no aprendidos; acto realizado sin pensar
Antecesores: parientes históricos; familia antigua

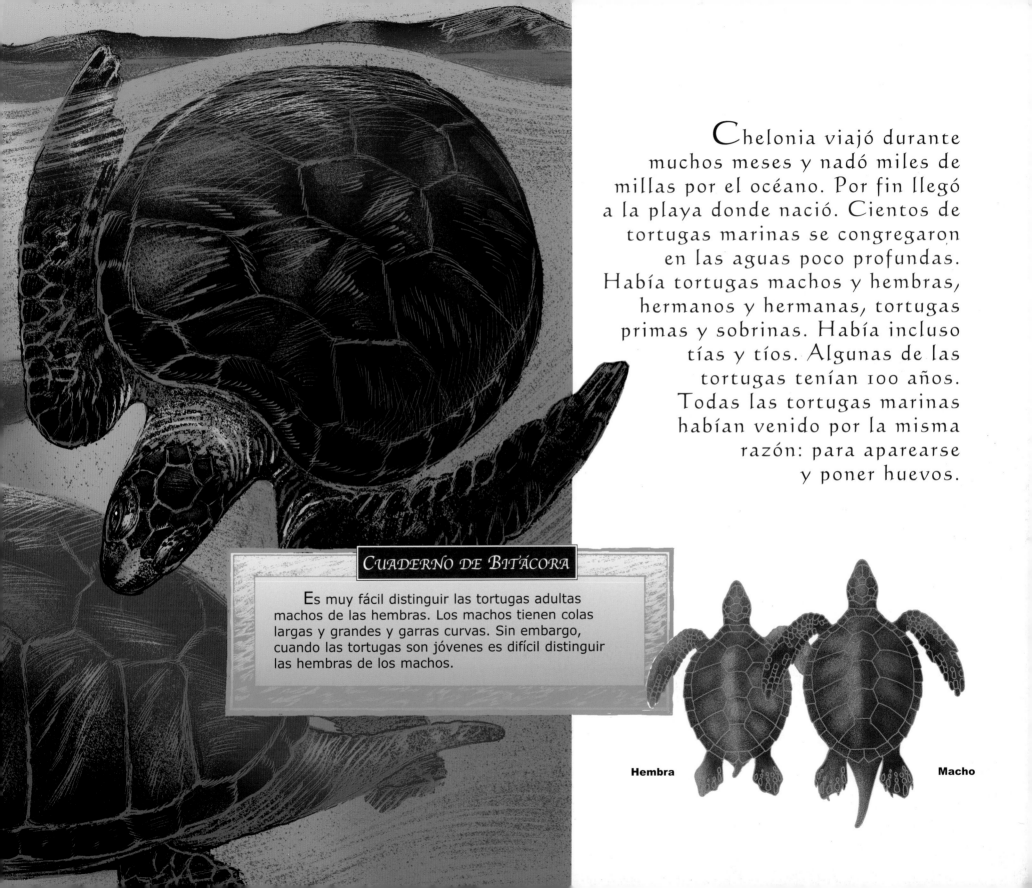

Chelonia viajó durante muchos meses y nadó miles de millas por el océano. Por fin llegó a la playa donde nació. Cientos de tortugas marinas se congregaron en las aguas poco profundas. Había tortugas machos y hembras, hermanos y hermanas, tortugas primas y sobrinas. Había incluso tías y tíos. Algunas de las tortugas tenían 100 años. Todas las tortugas marinas habían venido por la misma razón: para aparearse y poner huevos.

CUADERNO DE BITÁCORA

Es muy fácil distinguir las tortugas adultas machos de las hembras. Los machos tienen colas largas y grandes y garras curvas. Sin embargo, cuando las tortugas son jóvenes es difícil distinguir las hembras de los machos.

Hembra

Macho

Una noche de luna, en el momento adecuado, Chelonia avanzó entre las olas y se arrastró por la playa arenosa. Escarbó un agujero profundo con sus aletas traseras. Puso cien huevos blancos perfectamente redondos en un nido de arena. Cubrió cuidadosamente los huevos y regresó al mar.

Ocho semanas más tarde, en otra noche de luna, los huevos de Chelonia comenzaron a eclosionar. Las tortugas marinas bebé se abrieron camino entre la arena hasta llegar a la superficie, y luego se arrastraron apresuradamente por la playa hasta llegar al mar.

CUADERNO DE BITÁCORA

A las tortugas marinas bebé se les llama crías. Una vez que nacen, las crías pueden tardar tres días en salir del nido a través de la arena. Para encontrar el mar de noche se guían por el agua iluminada a la luz de la luna. Sin embargo, las luces brillantes de los aparcamientos, carreteras y casas pueden desorientarlas y hacer que nunca encuentren el océano.

Muchos obstáculos se interponían entre las crías y el océano. Animales predadores, como cangrejos y mapaches, estaban al acecho de éstas.
Bandadas de gaviotas hambrientas, suspendidas en el viento, miraban a las tortugas como si fueran su desayuno. Ni siquiera se encontraban a salvo las crías que habían sobrevivido hasta llegar al agua. Ahora también tendrían que escapar de los ataques de peces y tiburones.

CUADERNO DE BITÁCORA

De los cientos de tortugas marinas que salen del nido, sólo el 10% llegará a cumplir un año. Los peligros empiezan incluso antes de salir de los huevos. Los huevos de tortugas son parte de la dieta de predadores, como perros, coyotes, zorros y aves marinas. Sin embargo, el mayor predador de las tortugas es el hombre. Los seres humanos excavan los huevos de los nidos y comen la carne de tortuga a pesar de la ley sobre especies en vías de extinción de 1973. El destino de las tortugas está en las manos de los seres humanos. ¿Les daremos la oportunidad de vivir un millón de años más?

Habrá, sin embargo, una pequeña tortuga marina que sobrevivirá. Esta tortuga regresará algún día a esta misma playa para poner sus huevos...

...al igual que Chelonia.

Mi promesa a las tortugas marinas

1. Ayudaré a nuestra fauna silvestre. Cuando haga falta rescatar un animal llamaré a un equipo profesional de rescate de animales salvajes.

2. Respetaré a los animales salvajes. Les daré suficiente espacio en las playas y en los océanos.

3. Mantendré nuestras playas limpias.

4. Mantendré nuestras aguas limpias. No tiraré ningún plástico u otras basuras en nuestros océanos y ríos.

5. Les pediré a mis padres que compren productos que no pongan en peligro las tortugas.

6. Aprenderé más sobre la fauna silvestre de los océanos y hablaré con mis amigos de las tortugas marinas.

Nina Delmar

WILDCOAST
www.wildcoast.net   619-423-8530

Alaska SeaLife Center
www.alaskasealife.org   907-224-6395

Seattle Aquarium
www.seattleaquarium.org   206-386-4330

Oregon Coast Aquarium
www.aquarium.org   541-867-3474

The Marine Mammal Center
www.tmmc.org   Rescue Line 415-289-7325

Monterey Bay Aquarium
www.montereybayaquarium.org   831-648-4888

Aquarium of the Pacific
Long Beach, CA 90802
www.aquariumofpacific.org   562-590-3100

SeaWorld, San Diego
www.seaworld.org   619-222-6363

Sea Turtle Conservation Network of the Californias
www.baja-tortugas.com

Centro Mexicano de la Tortuga
cmtvasco@angel.umar.mx   958-43055

Mazatlan Aquarium
52-69-817815
acuario@pacificpearl.com

Costa Rica Sea Turtle Restoration Project
www.seaturtles.org
1203-1100

Central America Sea Turtle Conservation Network
560-2243570
Tortugas@sol.racsa.co.cr

WALLACE J NICHOLS PH.D.

Wallace J. Nichols ha dedicado su vida al estudio y conservación de las tortugas marinas y al trabajo con los grupos humanos que representan una mayor amenaza para la supervivencia de las especies de tortugas marinas. Fue uno de los fundadores de Coastal Conservation Foundation (Fundación para la conservación de las costas), una organización sin ánimo de lucro dedicada a la educación sobre los mares y su conservación. Wallace hizo su doctorado en ecología de fauna silvestre en la Universidad de Arizona. Tiene una Maestría en Economía y política de recursos naturales de la Escuela del medioambiente de la Universidad Duke y un B.A. en Biología y Español de la Universidad DePauw. Sus estudios sobre la ecología marina lo han llevado desde América del Sur hasta el círculo polar ártico. Actualmente sus investigaciones como becario Fulbright se enfocan en las migraciones transpacíficas de las tortugas mordedoras (también llamadas amarillas, caguamas o cabezonas) desde Baja California, México, hasta Japón. En estrecha colaboración con pescadores de Baja California, Nichols ha obtenido información sobre el comportamiento de las tortugas y ha disminuido el grado de explotación de las poblaciones en peligro de extinción. Este proyecto de investigación ya está al alcance de cientos de miles de niños en escuelas de todo el mundo a través de los artículos de la revista National Geographic y de la página de Internet http://www.baja-tortugas.org.
Wallace lleva muchos años coleccionando poesías e historias sobre tortugas, consciente de su valor creativo e impacto como formas educativas. Su mensaje sobre la supervivencia de las tortugas marinas sigue teniendo un gran alcance.

ROBERT E. SNODGRASS

Robert Snodgrass se consagró al estudio de la historia natural de los océanos y a la biología marina. A los dieciséis años participó activamente como voluntario en el Instituto Scripps de Oceanografía de UCSD, en la La Jolla, California. Tras realizar sus estudios universitarios y graduarse por la U.C. Berkeley, volvió al Acuario Scripps para hacerse cargo de las colecciones y los peces. Como asesor internacional de acuarios se especializó en el diseño de estos y en sistemas de apoyo para la vida marina, además de especializarse en la cría de animales y en una técnica para crear peceras para familias de peces. Robert era un buzo experimentado que se sentía como pez en el agua y que documentó sus experiencias en vídeo. En calidad de naturalista dio charlas, clases y sirvió de guía de historia natural en recorridos, inmersiones submarinas y caminatas en la ensenada de La Jolla durante más de dos décadas. También encabezó expediciones y viajes al Mar de Cortés para recoger especímenes. Robert era un consumado escritor que durante cinco años escribió la columna "ENCUENTRO OCEÁNICO" en *Los Angeles Times*, de distribución entre la prensa. Soñaba con "compartir sus conocimientos", experiencias e historias más allá de las docenas de libros y folletos educativos producidos para el acuario. Su objetivo en la vida era acercar a la gente al frágil y amenazado ecosistema marino —de otra manera quizás no lo hubiesen experimentado de primera mano.

DAWN E. NAVARRO

Dawn Nayarro estudió ilustración y diseño en el *Art Center College of Design*, Los Ángeles. Después de graduarse trabajó como directora de arte y diseñadora independiente para compañías como *Walt Disney, Needham, Harper & Steers Advertising* y *Los Angeles Times*. Concentró sus esfuerzos como artista naturalista en la ecología marina y terrestre. Dawn conoció a Robert Snodgrass durante una expedición de buceo al Mar de Cortés para recolectar muestras de peces. Así nacieron las ilustraciones de comportamiento animal y los estudios naturalistas en blanco y negro que acabarían siendo el arte gráfico que acompañaría a la columna periodística "ENCUENTRO OCEÁNICO". Robert Snodgrass y Dawn crearon conjuntamente *MANTA Publications*, dedicada a la creación de carteles y libros de historia natural y marina.
www.mantapublications.com